인생이 아프다

인생이 아프다

성성모 첫 번째 시집

대양미디어

| 서문 |

나의 시詩를 세상에 내놓으면서

인생이 아프다.

그러니 내가 살아온 나날들의 삶이 서러움이고, 고통이고, 원망이고, 두려움 속 갈등과 외로움의 연속인 자체가 되어버렸다.

이러한 삶이다 보니, 일기 쓰는 것이 두렵고 싫었다.

그러나 어디엔가 남기고는 싶었다. 나는 살아가면서 나의 현실의 심적 변화를 그때마다 글로서 남기면서 위안으로 삼고 돌파구를 찾았다.

40년 넘게 써온 글이 700편~800편이 넘어섰지만, 세상에 드러내기가 창피하고 자신이 없었다. 나의 몰골을 투명유리에 드러내야 하는 과감성이 무서웠다. 비웃음 소리가 들리어 오는 것이, 또 한 번 나를 비참하게 만드는 촉매제가 되지 않나 하는 공포 때문이다.

느닷없는 암이 내 몸속에 자리 잡으면서, 나의 생명을 언제까지 보장받을지를 알 수 없게 되었다.

우리 주 하나님께 간절히 기도했다.

세상의 삶을 다하기 전까지 그동안 살아오면서 글로 남긴 나의 육신과 심적 삶의 교감 흔적을 세상에 내놓기로 마음먹게 되었다.

대양미디어 서영애 대표님의 진솔한 격려와 헌신적 배려가 또한 큰 용기를 주었다. 그러기에 나의 글이 시詩로 탄생하는 힘의 버팀목이 되었다.

살아온 나의 인생을 용서하고, 모든 이에게 감사하는 마음으로 살아갈 것이라고 다짐을 하게 되었다.
글을 시詩라는 형태로 80편씩 묶어서 순서대로 시집을 세상에 내놓으려고 한다. 그 첫 번째 안으로 나의 단독 제1 시집을 나의 인생 최초로 세상 사람에게 내놓게 되었음을 다행스럽게 생각한다.

온 힘을 다하여, 부족한 나의 시를 멋진 시집으로 탄생시켜준 탁월한 능력의 정영하 편집국장님께 감사함을 전한다.

이 세상에 태어나 장애인 삶으로 살아온, 한 사람의 삶의 세계를, 작가作家 마음속으로 들어와 동행해 보고, 그리고 때로는 각자 독자讀者 마음속으로 가지고 가서 험난한 삶의 길잡이로 위안의 시간으로 가져보기를 조심스럽게 그려본다.

2021년 초가을에

성 성 모

| 축사 |

시집 발간을 축하하며

사람들은 아름다운 열매를 보면 감탄하지만, 그 과정의 아픔은 잘 모른다.

겨울의 모진 추위를 견디고 봄철 싹을 내밀어 꽃을 피우고 열매를 맺은 후에도 비바람을 이겨내며 열매들이 맺히듯이 시가 탄생했다.

호메로스의 서사시 Odysseia는 오디세우스가 포세이돈의 방해를 받고 천신만고 끝에 고향 이타카섬으로 돌아오는 금의환향의 이야기이다.

그가 천신만고 끝에 고향으로 돌아올 수 있었던 것은 고향에 대한 향수 때문이었다.

그가 생명처럼 여긴 고향에의 향수에 이끌리어 고난과 고통을 넘어 마침내 고향으로 돌아오는 승리자가 되게 한다.

성성모 집사님의 삶 또한 어려서부터 견디기 어려운 고난과 고통 속에서 아파하며, 혹은 도전하여 변화를 꾀하며 험난한 일생을 살아오며 주옥같은 시들이 탄생한 것이다.

그 고난의 현장에서도 정의로운 사회, 하나님이 함께하시는 세상에 대한 꿈을 고향처럼 품고 나그네의 삶을 살아온 흔적이 그의 시에 담겨있다.

이제 그 시들을 엮어 한 권 책으로 출판하게 됨을 축하하지 않을 수 없다.

감히 이 시들은 그가 모든 것과 바꾸어도 아깝지 않은 무엇인가가 담겨있는 것이기 때문에 묶어 한 권 책으로 출판함을 축하하지 않을 수 없으며, 또 그는 분명 오디세우스처럼 최후 승리자가 될 것을 기대하며 축하의 꽃을 한 아름 안겨주고 싶다.

서울수정교회

담임목사 **신익수**

| 축사 |

시집 발간을 축하하며

안녕하세요!

문엔지니어링(주) 회장, 충남도민회중앙회 회장 문헌일입니다.

시詩란 언어에 운율을 입힌 문학작품이라 가르침을 받았던 학창시절 국어 선생님이 아련히 떠오릅니다. 이런 의미에서 미국의 작사가이자 시인인 에드거 앨런 포가 "시詩란 미美의 운율적인 창조이다"라고 말한 것과 일맥상통한 의미가 아닐까 생각합니다.

우리의 역사와 궤軌를 같이한 문학인 시詩는 한국적인 정서를 율조에 담아낸 김소월 시인의 「진달래 꽃」, 일제의 아픈 식민지 역사의 희망을 쏘아 올린 이상화 시인의 「빼앗긴 들에도 봄은 오는가」 그리고 존재 가치의 아름다움을 표현하고 있는 나태주 시인의 「풀꽃」까지 시詩는 순수한 정서의 표출이자 감정과 경험에 대한 생각의 수단이라는 정의에 의문을 가질 사람은 없을 것입니다.

이렇듯 성성모 시인의 제1시집 발간은 나름의 특별한 존재 가치를 가지는 것이라 생각합니다. 예술의 중심이 되는 꽃이라 불리우는 시詩. 앞으로 꾸준한 창작 활동을 통하여 사람의 가슴을 데워주고 위로해 주며 운율을 통해 사람과 사람이 서로 마음을 나누고 우리의 마음속에 있는 생각과 느낌을 표현함으로써 세상을 새롭게 바라보는 혜안慧安을 독자들과 함께 공유해 나아가기를 기대합니다. 다시 한번 제1시집 발간을 진심으로 축하합니다. 감사합니다.

문엔지니어링(주) 회장
충남도민회중앙회 회장 **문헌일**

| 축사 |

시집 발간을 축하하며

안녕하십니까?

국민의힘 부산 사하을 국회의원 조경태입니다.

먼저, 『인생이 아프다』 성성모 제1시집 발간을 진심으로 축하드리며, 우리나라의 문학 발전을 위해 힘 써주고 앞으로도 꾸준히 성장시켜주실 성성모 시인님께 깊은 감사의 말씀을 드립니다.

예로부터 '시를 쓰는 행위는 바위의 무게를 깃털 하나로 압축하는 일이다'라고 했습니다. 이러한 힘든 고뇌의 시간을 거쳐 탄생한 시는 많은 사람의 가슴을 쓰다듬어 줍니다.

특히 코로나19로 많은 사람이 지치고 힘든 나날을 보내고 있는 요즘, 사람들은 말 한마디, 좋은 글귀 한 문장으로 기운을 얻기도 합니다.

성성모 시인님께서 앞으로도 많은 사람에게 희망을 주고 마음을 어루만져주는 좋은 글귀, 좋은 시집을 많이 발간해주셨으면 합니다.

다시 한번 시집 발간을 진심으로 축하드리며, 모든 가정에 건강과 행복이 늘 함께하시길 기원합니다.

감사합니다.

국회의원 **조경태**

차례

서문 나의 시詩를 세상에 내놓으면서 _ 4

축사 시집 발간을 축하하며-신익수 목사 _ 6
시집 발간을 축하하며-문헌일 회장 _ 8
시집 발간을 축하하며-조경태 의원 _ 10

제1부 평생 투병 중

꼽추의 아픔 _ 19
낮보다 밤이, 여름보다 겨울이 _ 22
장애를 장애 아닌 것처럼 세상에 속이다가 _ 24
투병 중 _ 26
나에게로 와 내가 된 암 _ 28
어느 날 파리 목숨이 된 육신 _ 30
나는 종합병원 운영 중 _ 32
불치병 _ 34
죽음 · 1 _ 35
죽음 · 2 _ 36
팔자가 고단스럽다 _ 38

하나님 덕분에 생각 반전을 이루다 _ 40
이렇게 살 수는 없잖아? _ 42
날씨가 왜 이래 _ 44
인생 무게를 딛고 본능에 충실하자 _ 46
영원히 변치 않는 인간한계 _ 48
아침에 찾아드는 난감 _ 50
석양처럼 인생도 _ 52
더 이상 세월을 놓칠 수 없다 _ 54
해가 서쪽에서 뜨면 _ 56
세월아 멈추어다오 _ 58
도피 _ 59
나의 존재 _ 60

제2부 인생이 아프다

인생 습작이 만들어낸 詩 1 _ 63
인생 습작이 만들어낸 詩 2 _ 64
인생이 아프다 _ 66
인생살이가 날씨인가 _ 69
늙은 총각 할아버지 _ 70
나이 들어감에 따라 _ 72
창밖 세상 향기는 사라져 가는데 _ 74

이런 인생이기에 슬프다 _ 76
인생 소풍 _ 78
인생은 홀로 써 내려간 백지 인생 _ 80
인생이란 _ 82
내게 주어진 인생이 이 정도라니 _ 84
인생길 _ 85
인생은 단편소설인가 _ 86
나의 입가에 핀 미소는 _ 88
소나무 _ 90
떠난 파랑새 유턴U-turn하라 _ 92
나는 소년이고 싶다 _ 94
후회와 다짐 _ 96

제3부 그리움

그 향기 _ 99
그리움 _ 100
어느 4월 봄날의 그리움 _ 102
간절한 마음으로 _ 104
당신의 희미한 그림자[잔영(殘影)] _ 106
모두가 외면한 생일날에 _ 108
인연 _ 110

유일한 당신 _ 112
꽃을 시기한 여인 _ 114
그녀 _ 116
온전한 사랑을 향한 간절한 마음 _ 118
사랑의 정체 _ 120
내 생애에 사랑은 없는가 _ 122
찐 사랑 해보고 싶어요 _ 124
가을이 오네 _ 126
이별보다 그리움이 더 _ 128
어느 날 밤의 잡념 _ 129
희망 미소 _ 130
별을 보는 맘 _ 131

제4부 아픈 세월 어머님 눈물

시리도록 질긴 모정 _ 135
아직도 따스한 어머님 품 _ 136
어머니 눈물 _ 138
경칩 _ 139
바보 갯버들아 _ 140
내게도 삼월이 오면 _ 142
허울 좋은 꽃밭 _ 144

이순耳順의 봄날에 _ 145
봄 햇살이 봄바람 타고 _ 146
봄이 주는 힘 _ 148
봄바람의 의미 _ 150
세월은 흘러도 봄은 늘 처음처럼 _ 152
너의 존재를 알기에 _ 153
무더위 _ 154
가을 길목의 두려움 _ 156
언제나 가을이 오면 _ 158
눈이 포근히 안기어 오는데 _ 160
겨울비 끝자락 _ 162
단풍이 낙엽 되어 _ 164

해설 장애인의 아픔을 대변하는 시집 _ 165

제1부

평생 투병 중

내가 살아가는 세상은
타인을 배려하는 것조차 망각한
각자 분주한 세상 놀이
사람 사는 세상은 나를 버렸고
피붙이는 부담될까 봐
철저하게 외면하고
이 세상에 속한 처자식은 없고
오직 나뿐인데 나를 포기하고
죽음조차 이해하지 못한 나에게
찬바람이 이는 눈초리로
생사生死를 조롱하며
오직, 관심사는
치료비가 얼마 얼마……
–「투병 중」 부분

꼽추의 아픔

항상 미소 짓는
당신當身 앞에서
홀로된 아픔으로
슬피 울고 있습니다

무수한 별들이
각기 자기 자랑으로
몸단장하지만
우리는
그것을 편협偏狹하게 비교합니다

이 세상에
점點 하나라도
자랑스레 내세울 것이
전혀 없습니다

이러한 내 모습에서
풍기는 색다른 냄새가
당신에게는 역겨울지 몰라도
내게는 너무 소중합니다
어쩌면,
이 넓은 세상에서
살아간다는 것 자체가
죄인지도 모를 일입니다

신神마저 버린
나의 인생은
어디 가나 힘이 듭니다

세상을 살아가는 동안
느낌으로 사랑하던 당신마저
나를 외면外面하고 갔습니다

그리도 못 쓸 육신肉身이여
반기는 곳 오르지
외롭게 떨고 있는
한 조각의 흙인지도 모릅니다.

* 등단 수상작

낮보다 밤이, 여름보다 겨울이

낮보다 밤이
더 좋은지도 모릅니다
그렇다고 어두운 것을
좋아한 것은 아니지만
어두운 밤이 되면 피곤한 육신의
안식이 있기 때문입니다

사람들이 모여 있는 곳을 싫어합니다
그렇다고 사람들을 미워하는 것은 아닙니다
사람들에게 추한 모습을
드러내고 싶지 않은 까닭입니다

여름이
나를 힘들게 할 때가 있습니다
그렇다고 무더위에 약한 것은 아닙니다
한여름이 되면 볼품없는 나의 몸이
얇은 옷 사이로 드러나기 때문입니다

겨울이
나를 즐겁게 할 때가 있습니다
그렇다고 추운 것이 좋은 것은 아닙니다
한겨울이 되면
보이고 싶지 않은 나의 몸을
가릴 수 있기 때문인지도 모릅니다.

장애를 장애 아닌 것처럼 세상에 속이다가

사람 사는 세상에 살아가면서
세상을 접할 때마다
장애인 나를 나만 속는
비밀스러이 장애인 아닌 것처럼
세상 사람같이 나도 멀쩡한 것처럼
장애 빼고 세상에 들이댔다

세상이 속을 것이라 생각하면서
그러니 세상살이가 될 리 있겠는가
세상이 어리석을 것으로 생각한 나는
나의 장애를 내가 외면한
이런 나에게 떠나지 않고
붙어서 살아온 장애가 대단하다
외면한 장애가 나에게 제자리로 돌아온 날
암이라는 외계인이 덩달아 들어왔다

기이한 팔자를 토닥거리며
남들도 기막힌 팔자를 안고
살아가고 있다는 위안으로
살고 싶어지는
자포자기 속에 미련 남아 세상에 들이댄다.

투병 중

내가 살아가는 세상은
타인을 배려하는 것조차 망각한
각자 분주한 세상 놀이
사람 사는 세상은 나를 버렸고
피붙이는 부담될까 봐 철저하게 외면하고
이 세상에 속한 처자식은 없고
오직 나뿐인데 나를 포기하고
죽음조차 이해하지 못한 나에게
찬바람이 이는 눈초리로 생사生死를 조롱하며
오직, 관심사는 치료비가 얼마 얼마……

두려울 정도로 모두가 외면한 세상
뒷걸음친 등 뒤에는 싸늘한 낭떠러지 천릿길
투병 과정에서 세상 이치를 깨닫게 하고
남의 탓을 하지 않기로 했으니
다른 사람이 아닌
내가 감당해야 할 몫이라는 것을

모든 것을 혼자 감내해야 한다
필사적으로 살아남기 위한
눈물 먹은 투병 과정에서
외롭고 힘들지만 이겨내기 위한
홀로서기가 시작되었다.

나에게로 와 내가 된 암

내가 나를 부르면 신나게 가야 하나
시치미 떼고 딴짓을 해야 하나
나를 내가 어찌할 수 없는데
아무리 세상인들 나를 어찌하리

평생 달고 다니는 장애에다 암 환자인걸
하나도 갖기 힘든 세상 사람들
내가 나를 바꿔 저 사람으로 만든 들
이미 나는
내가 허락지 않은 두 집 살림하는 것을
내가 내 것을 청산 못 하는 나 자신에게
이 세상 누가 할 수 있는가

그냥 이런 나를 내가 불쌍히 거둬들여야지
또 하나의 내가 된 동반자 너를 토닥거리며

너는 하필이면 그 많은 세상 사람 중에
다른 사람도 아닌 내게로 와 짐이 되었는지
그렇게도 정착할 곳이 없었는가?
무겁고 힘든 짐이 내가 된 지 어언 3년
너도 내가 되어 고생하는구나
내게로 와서 정상의 암이 아닌 장애 암이 되었네
복도 지지리도 없는 불쌍한 것!

어느 날 파리 목숨이 된 육신

항암치료 2년 8개월
삶을 포기하기엔 너무 억울해서
악착같이 버티어온 결과
겉으론 멀쩡해 보인다

주치의는 6년 정도 산다고 하고
육신이 피곤하고 기운이 없는 날엔 혹시?
배가 북장구로 장내가 멈춘 듯 정지되면 걱정이…
손발이 저리고 육신에 찌릿한 발광증이 찾아들면
근심이…
전신 뼈가 뻐근해 오며 고통이 스며들면 재발이…
척추가 아프고 쑤셔오면 재발再發 걱정근심

정기검진 날엔
결과공포로 식은땀이 빗물 내리고
내 일상에 암 재발 공포를 달고 산다
눈떠도, 잠결에도, 일과日課로 동행하니

암 재발보다도
항암치료의 고통이 더 큰지도 모른다
하루하루가 걱정의 두려움으로 살다 보니
내일은 신神만이 알고 있다는
암 환자의 내일 기약 없는 오늘을 보내는 모습이다.

나는 종합병원 운영 중

이승 팔자는 평생 투병 중
내 인생은 대형종합병원을 이고 살아갈 삶?
내 육신에는 동거하려는 이물질이 넘쳐나니
들어온 이물질을
크게 마음에 두지 않고 살아왔지만
요즘에 들어와 괴롭히는 이물질은
신경이 엄청나게 쓰인다
생명을 걸 정도로 벅찬 이물질이기에
긍정적이고 밝은 성격에 걸림돌이 생기고
삶에 대한 긴장 속에 근심 걱정까지 들어왔다
어린 시절은 동네 의원
청장년은 지역 종합병원
지금은 대형종합병원
세상에 있는 각종 약의 최대 소비자
먹어보지 않은 약이 없을 지경이니
해도 해도 너무하다
할 말을 잃으며 포기한 오늘까지 삶이다

하지만 내 삶에

늘 응원하는 보이지 않는 힘이 있을 거라는

믿음이 있기에

오늘을 자신 있게 살아갈 힘이라고 믿고 싶다.

불치병

어쩌다가 내 인생이
나의 의지와는 전혀 상관없이
신의 조화이다
신이 나를 버린 세상, 버림받은 삶
신이 외면하니
자연도…, 세상도…, 형제도…, 친구도…,
광활한 곳에 나만 홀로 서게 된다

아무리 발버둥 쳐봐도
기도조차도 무기력해진
신에게 외면당한 몰골은
최첨단 현대 세상도 무용지물
이 세상 이 삶은 어찌할 수가 없다
답 없는 메아리에 항복하고
나의 처지에 순응하면서
억울함에 슬프고 슬퍼서
그저 눈물로써 한恨을 녹일 뿐이다.

죽음 · 1

모든 이가 겪어야 한다는 죽음이라는 이별
천연덕스럽게 사는 도도함 속의 나약함
만물 영장이라 우쭐하는 인간이 우습지도 않다

죽음으로 걸어가면서 이렇게도 태연할까
매일 날마다 죽음 속으로 빠져들어 가면서도
남의 일처럼
아니 포기하고 산다고~?
그저 감탄스러울 뿐이다.

죽음 · 2

다시 올 수 없는 길로 가고 있다
누구나 가야 할 아득한 멀고도 가까운 곳
찰칵찰칵 끊임없이 다가와 점점 크게 들려온다
어디인지 모르지만
언젠가 내가 갈 곳
영원히 머물 제2의 인생처
그곳으로 소식은 점점 전해지고

그동안 망각하고 살아와 두려움 없던
죽음이라는 영원한 이별
그동안 철저히 외면해 왔지만
찰칵찰칵 점점 크게 다가오는 소리
모든 이가 맞이해야 할 이치
운다고, 안타까워한다고, 반항하고, 거부해도
아~
지금까지 어느 누구도 피해 가지 못한
정해진 신神의 순리順理라지만

어머니와 함께 살면서
오래전에 저세상에 가신 아버지 생각하면서
나 자신도 투병하다 보니
멀리 있던 죽음이라는 지우개가
턱 늘어 붙어 발길을 재촉하고

뒤안길 그림자는 길게 쭈욱 늘어지고
앞길은 늘 달고 살아가고 있으니
멀지 않은 어느 날, 어느 곳 멈춰서겠지.

팔자가 고단스럽다

벌써 이순耳順되어 살아도
기다림은 더욱 간절함만 더해오고
이 세상 살아가는 모든 이에게 당연하게 오는 것을
지금까지 오지 않는 것을 보면
신기할 정도로 궁금하다

결혼하여 아내라는 동반자
아니 애인과 동거조차도
자녀와 손잡고 나들이하는 것도
사람이라면 그 누구나 주어지는 가능한 것도
내게는 하나도 주어지지 않고

당연히 와야 할 것은 오질 않고
오지 않아도 되는 것은 당연한 듯이 오고
장애가 주어진 육신에 다발골수종*까지 동거하게 되니
이놈이 아내고 자식인가!
왜~? 내게는 이다지도 가혹한지

내 삶이 참으로 고단스럽다

이해하려고 해도 이해할 능력이 없으니
주어진 운수가 원통하고
풀길 없는 내 인생이 답답할 뿐이다
언제까지 이럴 건가?
참담하게 내 생애 다하는 날까지 다가오질 않기를
두 손 모아 기도하고 기도한다.

* 다발골수종 : 혈액암 일종

하나님 덕분에 생각 반전을 이루다

이 세상에서 나만의 부자가 되다
나는 장애 말고는 어느 것도 가진 것이 없는
뭐든지 가난했다
남들은 한평생 하나도 가지기 어려운걸
나는 하나도 아니고 둘씩이나 소유하게 되었다
척추 장애에 암까지 보금자리를 틀었다
내 몸에 종합병원이 들어선 것이다
그래서 세상의 회자 속에 자랑거리가 되고

그 덕에 벼락부자가 되었다
하나님이 들어왔다
그동안 방치하며 대충 가지고 있던
신앙생활 가치를
날마다 하나님을 강하게 소유하는 부자가 되었다
세상의 소유욕을 달리히는
우리 주 하나님을 소유하는 진정한 부자가 되었다

세상이 넉넉해지고 시야가 맑아지니
마음이 편해지고, 안정되었다
은혜와 감사가 넘치고 넘치는
새털 같은 가벼움의 신바람 난
진짜 부자가 되었다.

이렇게 살 수는 없잖아?

오늘을 살아가는

나는

기죽을 수 없어

세상사 허세도 부리고

속과 다른 헛웃음으로 주위를 속이고

한恨 품은 마음을 숨기고

잘난 듯이 인정받으려는

속이는 깊이가 깊어갈수록

들킬 것이라는 두려움은 상실되어가고

겉 포장으로 번드르르하게 멋들어 더욱 공고해지고

이제는 본인인 나 자신조차 속아 넘어가며

신나라 한다

그 누구도 인정치 않는 혼자만의 우쭐함으로

세상을 떠나야 멈춰 설

허세와 허풍의 인생사 시간

고장 난 브레이크

언덕이건 내리막이건 멈춰 설 수 없으니

내게 주어진 팔자 보고 신세타령하며

팔자를 탓하고

오늘을 의미 없이 보내며

준비 없이 내일을 맞는다

남은 일생 이렇게 살 수는 없지 않은가!

날씨가 왜 이래

살면서
그 누구나 품어가는 희망들
그나마 지켜오던 기본적 희망조차
사라지고
내 맘이 서러워지니
날씨까지
맑은 햇살은 적어지고
비 오는 날만 늘어가고 있다
어제도 비, 오늘도 비, 온종일 비
시야도 비, 마음도 비
내 인생이 슬퍼지니
장마도 아닌데
4월에도 5월에도 비만 내린다
그러면
장마가 시작하는 6월은
나의 슬픔을 어찌 감당하려나
아예 장마로 나의 슬픔이 씻기어 갔으면

이 바램은 환상일까
하늘을 쳐다보니
내 마음의 비가 여전히 내린다
하염없이!

인생 무게를 딛고 본능에 충실하자

걸어온 세월 시간이 흘러가며
삶의 무게가 이다지도 무거운지
마음에 달고 사는 한恨의 무게도
세월이 깊어질수록
나는 선택한 적이 없는데
세상살이에 짊어져야 할 모든 것을
손수 하나하나 해결해야 하는
찾아드는 무거움은 버겁고 버겁다
다시 못 올 삶을 살아가는데
이렇게 힘들고 고통스러운가

너무 힘들어 피하고 싶어 내려놓고 싶다
지나온 세월 무게에 지쳐가지만
머물 인생이 얼마일까 하면서도
잊고자 떠나고 싶은 심정에
미련이 강하게 남은 이중성은
그래도 이승이 저승보다 낫다는 진리에 순응하면서

한없이 세상에 머물고 싶은 심신 나약은
나를 부끄럽게 할지라도
삶의 강한 애착은 인생 무게를 이겨내고 있었으니
죽음 앞에서 다시 일어선다.

영원히 변치 않는 인간한계

아무리 열심히 살아가도
무슨 짓거리로 몸부림쳐도
변치 않는 것은 반드시 세상을 떠난다는

어머니, 아버지 사랑이 있어도
가정의 화목이 있어도
형제들의 우애가 있어도
친구들의 우정이 있어도
인생살이는 적막한 외로움이고
모든 것을 홀로 감당하고 책임져야 할
결국엔 내 생명까지 내려놓아야 한다

인생살이는 외롭고 독한 싸움이지만
인력人力으로는 도무지 거역할 수 없는
신神만의 영역이라~
내 인생 내 맘대로 할 수 없다는
좀 더 빨리 이 섭리를 알았더라면

지금 와서 당황하면서 후회하지 않을 것을

아직도 늦지 않았으니
인생 시간은 기다려주지 않듯이
인생을 신이 주신 원리대로
정리 정돈하여 담대히 내 인생으로 살아가리
내게 주어진 인생운명 따라 기도하면서.

아침에 찾아드는 난감

나는 아침을 맞는다
나에게 오늘도 아침이 찾아들고
아무 느낌 없이 어제처럼 눈을 뜨면
하릴없는 나는 이제야 두리번 찾는다
이런 식 하루살이는 아무 소용없고
의미 없이 더해지는 아침은
이 세상 사람들이 맞이하는
활기찬 아침과는 다른 세상이다

신神께서 내일을 보장해주지 않는 삶의 아침은
아무 의미가 없으니
완전한 내일이 없는 나에게
신神은 확실한 내일을 보장해야 한다
그래야 나는
준비하고 활기찬 아침을 맞이할 수 있다

내일을 보장받지 못한 오늘 아침은
내 생애 새 시작이거나 끝을 의미할 수도
갈 곳 없는 아침은
기쁨으로 왔다가 슬픔으로 귀착한다
하도 억울하고 불확실한
아침 햇살 맞이가 난감해지는 아침이다.

석양처럼 인생도

다다른 것 같은
내 운명을 흐르는 대로 그냥 두자
인생길은 운명 따라 자연스레
길고 짧음은 있으나
누구나 저물어간다

저물어가는 이치는
경험치經驗値로 누구나 같은데
태양은 저물어가도
찬란히 뒤끝을 멋들어지게 남기고 가기에
사람들이 석양에 중독되어 가지 않는가!
우리 인생도 이렇게 저물어 가야 하는데

누구나 지는 인생
아름답게 지면서 마무리하자
지금의 내 인생처럼

추하게 저물어가지 말고

태양의 석양처럼

멋지게 후회 없이 저물어가자.

더 이상 세월을 놓칠 수 없다

여기까지 흐른 세월
바람결 속에 사라져간 세월은
그 속에 지나간 시간으로
오늘 내가 이렇게 만들어져 놓았다
이러려고 단 한 번뿐인 세월 흐름에
단 하나뿐인 나에게 책임을 다하지 않고
그저 가는 시간에 올라타
세월아~ 하며 세월 따라 얹혀 앉아
바보처럼 멍하니 아차 한 순간
병病든 빈손의 이순耳順인 나를 내가 보게 될 줄이야

진모*야! 이 순간에도 아까운 세월은 간다
이제라도 정신 차려야지
쓸 수 있는 세월은 거의 소비하고
얼마 남지 않았지만 변해야 산다
세월이 세월 속 시간의 조종사 되면
내 맘대로 낭비 없는 알찬 세월 시간 되게

난생처음으로 내가 나의 책임으로 하는 운영자로
세월의 시간을 자유자재로 찬란한 관리자 되어
신神이 주신 영역에서
내 안에 또 있는 나에게
지금의 나를 내가 탈바꿈하라 하리라.

* 진모 : 집에서 부르는 이름

해가 서쪽에서 뜨면

해가 서쪽에서 뜰 수만 있다면
나의 절망은
서쪽에서 오는 일출 햇빛으로 녹아내릴 것이다

나에게 간절한 것은
절망이 아닌 희망뿐
지금까지 살아온 나의 삶이
진행되어왔던 한恨으로
넋두리 늘어놓는 글이
하나도 감동이 일지 않고 지나간 인생 나날들

동쪽에서 뜨는 일출은
나에게는 늘 이 모양 이 꼴로 감동 없는
보잘것없이 비추기일 뿐
기댈 게 없는 뻔한 동쪽 일출을 포기하고

해가 서쪽에서 뜨는 날
절망에서 벗어나 모든 것을
아~! 생각만 해도 힘이 샘솟는다

나의 시야가 긍정의 희망이 새록새록 솟구칠 것으로
지금까지 세상에서
딴 세상으로 접어들 것이라는
상상만 해도
지금 품고 있는 나만의 환상이 그저 신나고 좋다
실현과 상관없이 내일을 희망차게 맞이할 수 있기에.

세월아 멈추어다오

슬프다
내 이름조차 잊은 육신으로 찬 바람이 분다
현실인가 신의 조화인가
마음은 무한능력인데
육신은 아무것도 할 수 없는
잠시라도 쉼 없이 내게 오는 세월은
온 곳도, 머무를 곳도, 갈 곳도 모르지만
안착한 곳에서 멈추고 싶다
쓸쓸한 소원을 마음으로 담아내면서

시리도록 다가온 아픈
시리면서 사라진 아픔
잠시 모든 것이 멈출 수 없을까
세월이 멈추면 모든 것을 추스르는 여유가 있으련만
세월이 잠시라도 멈출 수 없다면
시간만이라도 잠시 멈추어다오
돌아볼 여유로 삶을 준비할 수 있게.

도피

산다는 것도
죽는다는 것도
무의미하고 두렵다
속절없이 시간은 가는데
다 싫다
세상이 독하게 아파도
먼저 가본 저세상이 되고 싶지 않아
그냥 이대로 남아
멈추어지고 싶다
현실도피 환상에 빠지니
나를 현실에서 잊힘으로
마음이 편해진다.

나의 존재

이 세상에서 나의 존재감은 무엇인가
나의 존재는 있을 수 없는가
나의 존재는 순간적으로
어디서 무엇 되어 다시 만나랴
기약 없는 기다림 속에
내 인생에 무슨 일이 있기에
이 모양 이 꼴로 존재하는가
애처롭기 그지없으니
참으로 기가 차다
대단한 팔자야
한번 온 인생 흘러 흘러
다시 못 올 길로 가는데
두려움을 넘어 포기 속으로
나를
주관자에게 기도로서
완연한 나의 존재를 구한다.

제2부

인생이 아프다

인생이 아프다
태어나선 안 될 인생이
태어난 업보로
겪지 않아도 될
이 세상에 상존하는 모든 아픔과
고통을 겪게 한다

이제는 경험한 나날들의 노하우로
인생이 무덤덤하지만
세상 자체가 아플 정도로
사는 동안 아파도 너무 아팠다
지금 자체가 아파
–「인생이 아프다」 부분

인생 습작이 만들어낸 詩 1

인생은
각본도 없는 즉흥적 임기응변
한 치 앞도 알 수 없는 백지상태
그러나 지금까지 살아온 것을 돌아보면
제작, 감독, 주연, 조연, 단역
성공해도 내 능력, 실패해도 내 책임
다 내 팔자니까
아픔, 고뇌, 죽음도 나의 것이라는
1인극一人劇인 작품이라는 것을 터득하는 순간
허탈로, 허무로, 헛웃음만 남는다
그래도 내가 사라진 세상 뒤엔
완성된 작품으로 남아있으리라
그것으로 족하고
오늘도 속을 것을 알면서 열심히 인생 습작하면
뒤따라오는 세상 사람들이
완성작품으로 만들어줄 것이라 기대하면서…
살아있을 때 세상에 흔적을 남겨야 한다.

인생 습작이 만들어낸 詩 2

살면 살수록 인생을 어떻게 쓰일지 몰라
늘 쓰고 지우고 찢어지고 버려지는 각본 초고
감당되지 않는 나의 능력 밖
미스터리 예측 불가이기에
두려움 품은 호기심으로
변화무쌍한 인생과 드잡이*해야
겨우 오늘이 존재하고
내가 지금 있는 건가
감사함으로 세상에 있는 어느 것도 사랑해야
나의 삶의 존재 이유라

감당하기 힘든 막막함이 밀려오면
어찌할 도리가 없는
지칠 때를 다그치며
운명과 인생의 같음과 다름은 뭘까
흘러가는 흐름 속에 그냥 맡기면 되는 것일까
아무리 노력해도 이룰 수 없는…

저절로 이루어지는 것들…
내 삶의 중심은 어디에…
나 안에 나의 인생은 있는 것인가
세상에 모든 흔적을 남겨야 한다.

* 드잡이 : 서로 머리나 멱살을 움켜잡고 싸움

인생이 아프다

인생이 아프다
태어나선 안 될 인생이 태어난 업보業報로
겪지 않아도 될
이 세상에 상존하는 모든 아픔과 고통을 겪게 한다

이제는 경험한 나날들의 노하우로
인생이 무덤덤하지만
세상 자체가 아플 정도로
사는 동안 아파도 너무 아팠다
지금 자체가 아파

이제는 육신 한계를 넘어 마음 한계까지 이른다
오늘까지는 그렇다 치고
내일부터라도
날마다 역습해 오는 두려움서 벗어나
남은 인생이라도 아프지 않기를
간절히 기도한다

단, 하루라도
온몸으로 젖어 드는
아픔 고통의 여백이 있었으면

살아오면서
주어진 달란트로
나는 나름대로 열심히 살아왔는데…

“모든 걸 이루려는 생각이 너무나 강했어
주어진 달란트의 과부하로 하나도 이룰 수 없었다
늘 보이지 않는 벽에 부딪혀 넘어지기만 한
내가 내 인생을 생각하면
힘겨워 버거워하는 나약함으로 화가 나고 속상하다”

그 앞에 선 오늘,
그동안 외면만 해오던 내게 주어진 인생 현실

마음먹은 만큼 되지 않아도
고맙다!
다시 꿈을 꿀 수 있는 희망을 만나서
남은 인생 좌절 없이 용기 내어 중단 없이 가보자.

인생살이가 날씨인가

인생이 날씨라면
날씨가 참으로 춥습니다
세월도 정처 없이 춥습니다
마음도 덩달아 춥습니다
인생살이는 외투 벗은 추위입니다

절대 신神께서 나에게
한 치 앞도 미리 주질 않는 것이 더욱 신비롭습니다
어느 사람도 궁금해하지 않고 태연한 것이 더더욱
신비롭습니다
그러기에 나는 너무 춥습니다

변화무상하고 한 치 앞도 알 수 없지만
분명 내일이 있기에
기도라는 것으로 그 추위를 이겨냅니다
민들레 홀씨 되어
포기할 수 없는 희망의 봄을 품으면서….

늙은 총각 할아버지

이순耳順 접어들어
열정 담은 첫봄을 기다리는 나에게
아득한 먼 날로 생각했던
'할아버지'가 현실로 다가왔다

전철 자리를 양보하면서
어린아이가 아닌 처녀가
"할아버지 자리 앉으세요"
나는 띵하고 주위를 봤다
나였다

늙은 총각 할아버지가 되는 날이다
내 나이 보다 들어 보이는 세파 속 찌든 인생
늙은이로 살아가고 있구나

이 세상에 와서
하나도 이루지 못하고 할아버지 시대로 살아가야 하나
나의 의지와는 상관없이…

거역할 수 없는 인생
세월 따라 무기력한 삶
허탈하다.

나이 들어감에 따라

인생人生은
나이 들어감에 따라
있던 것은 사라지고 없던 것은 생기고
세월歲月은 모든 것을 얻기도 하고 잃기도 하건만
그리움의 기다림은 놓고 싶지 않아
내 생명生命 다하기 전에
찾아들 것이라고 믿음 줄을 잡고 싶어

아득한 먼일로 여겨오던 이순耳順
코앞에 다가오는 두려움의 현실이고
세월이 쌓여간다는 인식認識은 변해가고
쓰다가 소비되면
사라져가는 한 일생一生으로 남겠지만

무상無常의 허탈감에 좌절하며
허무虛無하게 살아가고 싶지 않아
누구나 혼자인 인생이지만

더불어 의지하며 살아가려고 몸부림치며
이 나이에도 철없이 배우자 찾아
기다림 속의 여유로 오늘도 하루를 맞는다

어느 날부턴가
조급한 세월 흐름에
기다림의 여유도 초조하게 조급해져 가는데…
여태껏 기다려온 임은 올 줄 모르고
세월 따라 신문호수新聞號數처럼 나이만 쌓여가고
또 하루를 보낸다.

창밖 세상 향기는 사라져 가는데

홀로선 외로움
아름다운 유혹으로
외로움이 달래진다면
진실은 살아있건만

촉촉이 젖히는
창밖 세상은 나를 외면하는데
작은 틀에서 버벅거리는
왜소한 청춘은
나를 구할 임을
머릿속 화폭에 그려 본다
임 향기 사라져가고
도무지 해결책은 그려지지 않아

허공 세월로 날을 새면
얼굴엔 주름살 하나 더
마음엔 좌절이 자리 잡는다

어찌할꼬

가련한 인생

향기마저 사라져 가는데…

신神은 내가 무엇인가!

이런 인생이기에 슬프다

그냥 흘러가게 두기엔
무관심도 아니고 무능력도 아닌
내 능력 밖의 인생 그리고 삶
정처 없이 마음이 아프다

그저 그런 인생
행복은 썰물뿐이고 불행은 밀물뿐이니
늘 불안한 삶들

꿈에 등장하는 내 삶조차도 불안불안
어느 하나 속 시원한 것이 없다
서글픔이 치고 오른다

그래도 존재해야지
너에게 나의 인생을 넘겨주고 싶지 않아
내가 나의 인생 스스로 감당하고 싶어

그러면 성숙해지겠지
지금의 내가 어떤 아이의 미래일 텐데
이런 미래로 오지 않기를 기도하면서.

인생 소풍

인생이 소풍이라면
올 때는 천진난만 설레임
돌아갈 때는 지친 한낮 춘몽
스치듯 지나가는 바람결 지우개길
한순간 별 볼 일 없는 듣보잡이* 답이라
이 세상을 가질 수 없다는 것을
인생 속의 내 인생에 속은 상실감으로 다가오면
지금은 힘들고 험난한 인생의 삶이지만
그래도 소풍하는 중에 인생의 봄은 오겠지

딱 한 번 가보는
인생 소풍은 다 똑같건만
내 인생은 더 무겁고 안타까움에 더 슬퍼
인생 미련으로 못 이루는 잠을 탓하며
먼저 소풍 간 멀어진 찬란한 별들에서
소풍 온 나에게 빛으로 유혹하는 그 한恨을 느껴본다
마음이 아파오니 너도 나처럼

인생 미련 남아 심장 아파 가슴 쥐어 잡고
울고 있구나
이야깃거리를 남기지 못한 인생 소풍은
눈물 맺힌 한恨 서림 외는 아무것도 남지 않는다.

* 듣보잡 : 잘 알려지지 않은 사람을 낮잡아 이르는 말.

인생은 홀로 써 내려간 백지 인생

사람을 많이 접해오지만
나 혼자였고 나 혼자 감당했어
혼자 견디어 왔지
언제나 내 감당이고 내 몫이었어
주위는 혼잡하지만
나는 늘 혼자 걸어가야 했어
어떻게 살아왔어?

돌아보면 아무것도 생각나지 않아
아! 흔적이 없는 거야
일기장이라도 써야 했는데
그때는 방황하는 내 모습이
일기장에 투영되어 남는 것이
두려웠고 창피했어
그날로 잊혀지기를 바랐을 뿐이야
당시엔 용기 나지 않았어 어리석음이었지

몇 살이야?

나이가 무슨 소용이야

이순이면 어떻고 스물이면 어쩌라고

젊은 나이에 그대로 머물고 싶어

나이숫자는 아무 의미도 없지

어차피 나이는 평생 일세기一世紀를 벗어나지 않는걸

인생 백지를 순서 없이 맘 가는 데로

그리다가 지우고 또 그리다가 지우고

아무것도 완성 없이

인생 자체가 백지상태로 끝나는가 봐

이생生에 남는 것이 하나도 없잖아

이거 참… 쩝.

인생이란

우리네 세상살이와 상관없이
가고 오는
지나온 수많은 날
지금 보내고 있는 어제오늘내일
다가올 많은 날

인생 삶은
남으로 인해 떠난 여행이
나로 인해 완성될 여행이어라
처음은 수동으로 시작하여
어느 날부터 능동으로 책임져야 할
짐이 되어버리더라

미련 두지 않고 타의로 출발한 인생살이가
내가 종지부를 찍어야 하는
정말로 어처구니없는
지금까지 엄청나게 소비해온 인생이지만

이 순간에도 도무지 이해할 수 없는
흐르고 그 속에 나그네로 존재하고 있을 뿐이야
언젠가 하차해야 하는 두려움을 안고

나이 들어 나그네로 홀로 남아
인생人生은
이제야 죽음을 이고 산다는 것을….

내게 주어진 인생이 이 정도라니

내게 주어진 인생을
나 스스로 자급자족도 못 하는데
너 인생을 어찌 책임지리

뛰어오르는 인생으로 살아가려고 몸부림쳐왔는데
돌아보면 한 걸음도 못 나가고 떨어져 가기만 했다
내 인생은 슬프고, 나 자신은 너무 아파
나의 의지와는 너무 다른 나의 현실에 슬프다

나는 나의 인생을 몰라도 너무 몰랐다
내 인생이 전개되고 있는
호기심보다 두려움이 먼저 다가온다

그동안 미뤄둔 능력 밖의 영혼의 힘으로
두 번 다시 오지 않을 시간 영역에서
신이 주신 나만의 에너지로 순응해야 한다.

인생길

이정표 없는 투박한 시골길
희미한 불꽃 찾아 가다 보면
힘들어 스스로 자포自暴하고 남에 의해 좌절挫折한다

비포장 거친 가로등 없는 거리
기름 동나 꺼진 등불처럼 무용지물
홀로 걷고 홀로 결정하는 나만의 거리

뒤돌아보면 걸어온 흔적 보이지 않고
회환回還만 서리는 이슬 안갯길
점점 어두워 보이질 않으면
두려움 속에 주님 가신 길 생각하며

어디까지 가야 할지 모르지만
막다른 길에 접어든 한 다 써버린 인생길
과거에도 미래에도 변화시킬 힘은 내게 없으니
외톨이 되어 잊힌다는 것이 서럽다.

인생은 단편소설인가

들을 수 없는 세월 소리
사람마다 달리 다가오는 세월 속도
한 번 가면 다시 올 수 없다는 것을 잊은 채
볼 수 없다고 너무 태연하지 않는가!

시간 흐름 속에 가는 세월을 본 적은 없다
봄 · 여름 · 가을 · 겨울 있고 내 얼굴을 보면
쉼 없이 가고 있음을 느껴온다
인생은 단편소설이 분명하고
소재는 단선單線 인생살이다

독자는 후손이 되겠지만
단편소설이 베스트셀러가 되려면
지금처럼 살아가면 아니 된다고 여기면서도
헤어나지 아니하고 팔자는 어떻고
보이지 않는 세월만 탓한다

단편소설 주인공은 되지 못하고
단역배우 행인1도 주어지지 아니하니
나의 단편소설 쓰기가 언제까지 이어질지 모르지만
대단원의 막幕은 있을 것이니
더 늦기 전에 정신 차리자!

성인聖人들의 장편소설은 못될지언정
적어도
후손들이 살아가는 길잡이
단편소설로 막을 내려야 한다

신께서 내게 쓰게 하는 단편소설로
대단원의 막을 내리고 싶다
과연 가능한 일인가!
지금까지 신神의 침묵沈黙이
기도의 응답으로 올 것인가!

나의 입가에 핀 미소는

입가에 지니는 미소는
울어버리면 흔적 없이 사라지는데
가진 것 없어 초라해도
넉넉함으로
미소를 드리우면
내 마음이 즐거움이라

인생人生의 역정歷程에서
미소의 소중함은
세상살이 피로 회복의 긍정 활력소이다

생살 여미는 이별의 아픔에도
미소를 잃지 아니하면
흔쾌히 받아들여지는 여유로움이 밀어 올 것이다

지금까지 살아온 삶은
헛가지* 인생이라지만
미소를 소멸하고 싶지는 않다

얼굴에 드리운 은은한 미소는
자기 자신조차 사랑하지 못해 방황하던
나를 소중한 인격으로 거듭나게 한다
남을 사랑한다는 위선으로부터
해방되는 의미 깊은 미소로 남는다.

* 헛가지 : ① 오랫동안 자는 눈으로 있다가 어떤 영향으로 세차게 뻗어나가는 가지.
② 연약하여 열매를 맺지 못하므로 잘라 버리는 가지.

소나무

저 소나무 주체主體 없이 고착되었고
긴 세월만큼이나 그곳에 서 있는 것은
기다림의 처세술로 보기엔
인내忍耐를 가장한 무능無能이다

외로움조차도 모르고
답답함도 초월한
세상과 담을 쌓아가는 무감각無感覺 삶인가
남들은 지조志操라고 말하지만
대책 없는 무기력無氣力이다

미동조차도 할 수 없는 나약함은
시대감각時代感覺 잃은 바보스러움
허울 좋은 지조志操로
내 눈에는 조롱거리로 들어온다

변하고, 신세 한탄하고, 몸부림으로 부르짖어라
그래야, 남들이 너의 속마음을 깨닫고
비로소 동정同情할 것 아닌가!
감동 없는 인정認定이라도 받아라!

남은 다 떠나는 것을
너도 떠날 수 있지 않은가
속세俗世의 자유自由에서
바른 마음의 옳은 시야로
일편단심一片丹心 지조志操를 버릴 수 있다.

떠난 파랑새 유턴U-turn하라

파랑새는 떠나다
꿈 많은 시절
파랑새 쫓다
파랑새는 나이 들어 소멸해 가고
이룰 수 없는 허공 뜬 내 삶만 남았다

철없던 청춘
시간 가는 줄 모르고
인생길에서
나를 지탱해주던 인생 동반자 '파랑새 꿈'
나의 한 몸처럼
영원히 동행하는 줄만 알았다

어느 날
실망한 파랑새는 내 품을 이별하고
내겐 필요 없는 파랑새가 되었다

힘 잃어 가는 세월
멀어져간 파랑새는 다시 돌아올는지…

어차피 흐르는 세월
천천히 떠나면 누가 탓하나
아직은 늦지 않았다
내 마음 그물에 잡혀 멈추면
파랑새는 내 꿈 싣고 돌아오겠지

세월 흘러가도
나이 들어 지천명 시대에 있어도
파랑새를 다시 품고 싶다
떠난 파랑새여, 내게로 U-turn하라.

나는 소년이고 싶다

소년이고 싶다
무엇이든지 할 수 있다고 여기던
흐른 세월만큼 지워진 어린 시절
모습은 애늙은이 되어 초라하지만
마음은 소년 시절 푸른 청춘이다

지천명知天命에서 이순耳順으로 갈아타는 길목에
철없다 하지 말고 함께 청춘열차로 달려보자
원대한 꿈은 꿈대로 두고
소년 시절 열정을 다시 불태워
시들어가는 험한 인생 이겨내고 싶다

비웃음으로 자포자기 말고
세월에 익어간 성형된 내 모습과 마음을 달래고 싶다
시들 것이라는 이 세상의 법치를 잘 알면서
자연 세월을 이겨내지 못하면서도
나무는 매년 푸르름으로 갈아타지 않는가!

반항을 해봤자 결과는 뻔하지만
살아있기에 너를 이기고 싶다
살아있는 특권이라
그 와중에 초복, 중복, 말복은 떠나고 입추가 도래한다

어쩔 수 없는 인간의 한계이다
또 순응해야 하는가!
자꾸 뒤안길 따라 눈길이 되돌이표 되어 되돌이 한다

겁 없는 소년이고 싶은 청춘은
한낮의 몸부림으로 끝나는가!
잊힌 청춘 되찾고 나는 소년이고 싶다.

후회와 다짐

세월 지나면서 그 자리에

처박아 놓은

인생을

세월 속에 두고 온 내 삶

잠시 세월이 멈춰준다면

지나온 세월에 두고 온 내 삶을

끄집어내어 토닥거리며 용서를 구하고 싶다

인생 따로, 삶 따로 세상과 충돌하면서

이렇게 살아오는 것이 아니었는데

오늘부터 맞이하는 세월은

두고 온 세월 교훈 삼아 만들어 가리

세월이 흐를수록 애틋해지는

인생 깊이에 나를 남겨야 한다

더 늦기 전에.

제3부

그리움

그녀는
인생人生에 긴 시간 담은
여린 여인

품위 있어
고운 모습
늙어가는 그녀

참~ 보고 싶은 그녀
그리움이
그녀 마음에 안기어
몸부림친다
-「그리움」 부분

그 향기

땀내로 진한 화장품 내음
그 사람 그 체취
어느 날부터 그리워지며
꽃향기로 다가와
지나갔던 봄 향기가 감싸 돈다

이것이 사랑이었다는 것을
떠난 후에 알게 되니
여기까지가 인연이었던가
다시는 못 만날, 못 느낄
그 향기
아쉬움 속에 그리움만 차고 넘친다

잊지 못할 그 향기와 함께
영원히 묻어나올 그 향기 속에서.

그리움

그녀는
인생人生에 긴 시간 담은
여린 여인

품위 있어
고운 모습
늙어가는 그녀

참~ 보고 싶은 그녀
그리움이
그녀 마음에 안기어
몸부림친다

세월歲月은
그녀 두고
나만 떠나라 하면
집착執着으로 남으려 한다

멀어져간 늦가을 풍경이
아른거린다
슬프다!

떠나는 그녀
떠나는 만큼이나
기억은 희미해지고
그리움으로 핀
열정熱情은 더욱 타오른다.

어느 4월 봄날의 그리움

4월 봄날은
깊어가는 허전한 맘에 그리움이 채워온다
그리움이 점점 깊어간다
그립다
너가 있었으면 해
어디 있어?
보고 싶어
봄바람 따라 사분히 오려나

어느 4월 봄날에 그녀가 훅 들어왔지
살면서 봄이 수없이 찾아들었지만
봄이 따스하다 화사하다 설레인다
알 수 없는 들뜬 마음으로
이 세상 살아있는 자부심이
그때 처음 느꼈어

다시 찾아든 4월의 봄
웃고 있지만 웃는 것이 아니야
봄은 내 웃는 얼굴을 보고 있지만
세상 모든 사람처럼 속고 있어
한없이 울고 있으면서
아무렇지 않은 듯이 위선 부리는 겉모습에
다들 속고 있는 거야
한 길 사람 속은 모른다고 하잖아
허울 좋은 자존심을 지키는 것뿐이지
어제도 오늘도 내일도 죽을 때까지도?

간절한 마음으로

세월歲月의 흐름 속에 무상함은 어찌할 수 없는
신神께서 부여한 자연의 순리이기에
인간人間은 순응하며 세월 따라 변해갑니다

슬픔을 나누고 싶습니다
미련 남아 그려보고 싶습니다
더 가기 전에
지금까지 못다 한 사랑을 시작하고 싶습니다

사랑하고 있었습니다
누구인지 모르지만 어디선가 있을
당신當身에게 가고 있었습니다
사랑받고 있었습니다
그동안 다가오지 않았기에 느끼지 못했을 뿐입니다

사랑은
영원永遠하기 위해 노력努力하는 마음의 정성精誠입니다

지난 겨울바람 기억들이
봄바람에 사라져 가면 좋겠습니다
산뜻한 마음으로
가볍게 살아갈 터인데 말입니다
용기勇氣 내어 희망希望 품고
생명력生命力 불어넣으며 두 손을 꼬옥 모읍니다.

당신의 희미한 그림자[잔영(殘影)]

헤어짐이 시작되면
사랑하나가 미움 둘로 작별하며
차마 그동안 못다 한 말들이 상실되어가고
품어있던 미련을 내려놓습니다

헤어짐의 아픔은
겨울 끝자락에 묻어두고
봄 햇살로
이별의 아픔을 녹입니다

"그리움 머무는 자리에
마음의 창문을 열면
당신이 머물던 잔영殘影
그대 체취의 그림자로 남아
아쉬움에 미움을 녹인다."

봄 내음이 물씬 풍기는 오늘
내면의 원망怨望을 이기며
여유롭게 그대를 그리워하는 내 마음
이제야 구속된 멍에를 풀어 놓습니다
사랑의 협주곡을 만드는 심정으로
자유스러움이 가득한 여유 미소를 피웁니다

임을 향한 사랑은
여전히 빛나는 별이 되어
먼발치에서 속삭이는 사랑으로
채워가며 살아가겠습니다.

모두가 외면한 생일날에

오늘은 생일이건만
세상에 홀로 있는 듯이 조용하다
혼자 살기 때문일까
처자식은 물론 그 흔한 애인도 없는 세상
쓸쓸함을 넘어 적막한 오늘
이 세상에 올 때
이렇게 살 거라고 생각조차 했던가
오늘따라
전화벨 소리도, SNS도 몽땅 숨죽이고 있는
세상사가 멈춘…, 주위가 온통 먹통이다
숨 막힐 듯이 버려진 나를
하나뿐인 탄생, 나만의 출생을
내가 위로하는
셀프축하로 세상을 돌게 해야 한다
누구에게 받을 필요 없이
내 생일이니 내가 축하하며 기뻐하는 것이
세상 원리일 수도

나의 탄생을 자기애自己愛로 품고
내가 존중하고 나를 소중히 하면서
온종일 고인 눈물 털어내며
오늘이 가고
내일은 세상 사람 탄생을 축하하자.

인연

가슴 저미며
난생처음 인연이 되는 날
우리는 사랑을 시작한다

한평생 함께해온 외로움이
민들레 홀씨 되어 날아오르면
미지의 언덕 저편에 내려앉아
그대에게 머문다

봄 향기는 포근한 생명력으로
임 오는 체취에 기다림은 '끝'
희망의 두근거림을 바라본다

행복은 우리에게 삶을 이어준다
추위에 진짜 봄을 기다리며
우리는 꽃향기에
생명을 불어넣으며 노래 부른다

나의 꽃이 된
당신은 나의 봄날
사랑받는 생명체의 향기로
이 세상을 풍미하며
나는 오늘도 인생을 배운다

또 하나의 존재로 명명命名되어
당신을 위해
오늘도 기도한다.

유일唯一한 당신當身

수많은 넓은 인생 공간에서
당신과 함께할 수 있는 나날은
당신이 주신 최고의 선물입니다

다시 못 올 세상 삶의 보고픔
그리도록 사무친 그 날들의 기억들
내 마음을 빼앗아간 유일唯一한 당신當身

살아가는 소중한 시간
당신을 그리워하는 것은
다하지 못한 사랑의 미련
은근한 존재감은
다가서기에 부족함을 메워 줍니다

굽어 휘어가는 인생에서
절망이 아닌 희망을 보는 것은
당신은 도도하지만, 거짓 없어

내 마음의 영원永遠한 고향故鄕으로 남아주고

당신이 존재하기에 세상이 아름답습니다
마음이 신선한 생명수 호수처럼
탁~ 트여 속 시원합니다

당신의 간절함을 바라보며
그런 당신에게
다하지 못하는 나의 마음이 아립니다.

꽃을 시기한 여인

세상도
아름다움이 있음을 알게 한
꽃!
청순의 순수향기가 퍼진다

꽃이 있다
내가 바라보면 수줍어한다
청순함이 있는 아름다움이다

여인이 있다
내가 시선 주면 도도하다 못해 추하다
본연의 꽃을 가로막는다

아름다움이 이쁜 것은
겸손과 품위 자태가 있어야 하는데
우리가 사는 세상에는 찾을 길이 없다

이쁜 사랑은 없고 시기 질투와 이기심
그리고 물질만 도사리고 있다
슬프다!

포기하기엔
자연 세상이 너무 아름답고 청순하다
저 들녘에 핀 꽃의 희생을 본다
모정母情이다!

엄마의 젖가슴처럼
모든 것을 내려놓고 있다.

그녀

내 마음의 최고
깊어가는 그녀의 목소리
그녀의 체취
그녀의 만남

내 인생의 최고
다시없을 그녀의 인연
그녀의 향취
그녀의 느낌

내 사랑의 최고
빠져들기만 했던
잊지 못할 그녀의 사랑
그런데
그녀는 지금 어디에

내 생애의 최고로
아쉬움만 남긴 채
후회는 드리우고
미련은 이 순간에도
가슴은 먹먹하기만

내 삶 속에서 최고로
그녀의 쓸쓸한 목소리
이따금 들리어 오면
나는
최고의 방황을 시작한다.

온전한 사랑을 향한 간절한 마음

또 사랑이 시작되었습니다
사랑 앞에선
초라해지는 모습을 어찌하란 말입니까
눈만 뜨면 포로가 되고
생각은 정지되어있고
마음은 숨 막히어 오는데
미치도록 그립고
함께하고픈 애절함이 늘 머무는데
그녀는 그곳에 있지 않고
비웃음으로 나를 자극만 합니다
일방적 사랑이 누린 대가는
차디찬 독방의 고독입니다

또 이별을 준비해야 합니까
지쳐가는 봄날은 한을 품었고
사랑에 지친 꽃내음은 향기를 접었습니다
봄날에 도진

사랑 만들기는 열매 없이 이별해야 합니까
눈먼 나에게 혼자 한 진한사랑은
가을바람 타고 어디론가 떠납니다
당신에게
중독된 마음을 어찌할지 모르겠습니다
그냥 두려 합니다
간절함이 남아있기에…

한 사랑을 접고
또 다른 사랑을 시작해야 합니까
또 하나의 아픈 추억을 만들 생각하니
숨어있던 행복마저 도망칩니다
완결판 사랑을 기대하며 시작하지만
늘 미완성으로 끝내야 하는 기구한 운명입니까?

사랑의 정체

이제야 깨닫다니
사랑에는 달콤함이 없다는 것을
지상의 최대과제인 사랑은
서로 다른 감정이 하나 되는 놀라운 화학 융합반응
그대에게 허물어지는 마음에
신기, 짜릿, 뭉클, 솜사탕, 존재감, 소속감, 태어남의 보람

깊이 들여다볼수록
평생 필연적 우연은 내게 없다니
억눌려 살아온 삶에도 사랑을 갈망하면서 살아왔지만
한 번도 내게 사랑완결은 오질 않았다
세상 사람들이 누구나 하는 사랑의 정체正體
사람들이 나누는 사랑 자체를 의심하게 된다

인간의 사랑은 미완성이 목적인가
사랑 미완성이 사랑의 근원인 듯이
갈등하고, 미워하고, 이별하고, 남남이 되고, 원수가 된다

그래도 또 사랑을 한다
정말로 알 수 없는 인간의 사랑놀이에
그 속으로 더욱 파고드는 심리는
알 수 없는 신기함 뿐이다.

내 생애에 사랑은 없는가

내 삶 중에서 가장 가깝다고 생각했던
그이가
가장 멀게 멀어져간
어느 순간에
하늘에서 주신 인연으로 알았던 벅찬 사랑이
오다가다 만나 스쳐 가는 인연보다 못한
남보다 더 남이 되어 버린
그동안의 격한 사랑의 실체는 뭔가
부질없다고 넘어가기엔
우리 사랑은

내 생애와 그이의 생애 중에
유일한 사랑이라고 서로 공감하며
진실히 만들어 온 우리 사랑이
모두가 헛것 거짓이라니

날마다 이심전심으로 혼신으로 몸부림치며
사랑을 이어온 사랑 만들기가
거짓말처럼 바람처럼 어디론가 사라지고
마음에 가득 차 있던 그의 공간이
빈 곳 빈터 공허로 세찬 바람이 분다
내 생애에 다시없어질 사랑으로 막을 내리니
배신 속에 낫지 않는 상처만 쌓여갈 뿐인가

수심水深 깊은 사랑으로 흔들림 없이
생을 다하도록 고장 없이 가는 줄 알았는데
어쩌다가 이 사랑이
내 생애에 마지막 사랑으로 끝나는가!

찐 사랑 해보고 싶어요

내게는 오늘날까지
원했던 사랑이 단 한 번 오질 않고
말뿐인 사랑만 오고 갈 뿐
내 생애는 찐 사랑은 없는 건가

매번 속은 사랑에 눈물로 보내며
사랑은 그런 거라고 하지만
가슴 깊이 파고든 한 서린 마음으로
진정한 사랑이 찾아들 거라는
내일을 기다리며

60세라도 포기하지 않고 생애 다할 때까지
기다리고 기다려 실현되었으면
없는 팔자라도 운명을 거역해서라도
내 사랑 참모습 만나보고 떠나고 싶은 간절한 마음
생애에 한 번도 가져본 적 없는 부부사랑느낌

이 세상에 누구도 대신 못 할
남은 생生에 찬란한 찐 사랑 느껴보며 떠나리
내 운명에 무슨 사랑이냐 하면서도
어느 가사처럼
사랑을 한번 해보고 싶어요!

가을이 오네

어제의 무더위
오늘은 싸늘한 바람자락
자연의 조급함이 가을을 재촉한다

그녀의 확고한 이별
나에게는 슬픔으로
자리 잡는 것을 알면서도

내가 품고 있는 확고한 사랑
내 마음 넘어
그대에게 전해지면
그녀에게 짐이 되어 떠나는 걸 알기에

하루아침에 변해버린 날씨처럼
흐르는 세월 거역할 수 없어
더 이상 잡아둘 수 없다

자연의 성형으로
중년 모습의 야속함이 있지만
우리가 존재하는
세상에 머물게 한다

그녀가 떠난 마음엔
대답 없는 메아리로 가슴에 성형된다
이별을 남기는
가을이 온다는 의미이다.

이별보다 그리움이 더

시시때때로 보고픈 그리움보다
느낌으로 다가오는 그리움이 더 사무쳐온다
몸부림치는 그리움보다 인연을 다하지 못한
슬픔이 더하다
이내 가슴의 텅 빈 외로움은 시야를 흐리게 하는데

이별보다 그리움이 더 사무쳐와 감당하기 힘들어도
신神이 주지 않은 인연因緣만 남는 인간人間으로서
어찌하리
아쉬움의 서글픔보다 한恨 맺힌 응어리를
기도로서
다음 생生을 기원한다.

어느 날 밤의 잡념

혼신 품고 몸부림쳐도
발광을 해도
세월 따라 맘과 육신은 차디차게 변해간다
그렇다!
지금도 내게 세월이란 거머리
악랄한 짓거리의 고통이다
점차 지쳐가고 있다
처음의 내가 지금의 나로 남아있기를
처음 그 따스한 마음이
지금 나의 마음으로 살아 찾아들기를
창틀 먼 산 볼 수 없는 별 하늘에 애걸한다.

희망 미소

툭~!

튀어나오는 나의 시상은 늘 슬프다

감당하기 쉽지 않은 내 인생길 때문이라

그래도 견디어내는 것은

내 생애 안에

작은 희망이라도 다가올 것으로 믿고 있기에

슬픔을 극복할 노력이 남아있다

모든 시름이 떠나는 날이 다가오겠지

희망이 스며드는 내일이 있어

기운찬 마음이 용트림한다

오랜만에 기쁜 미소가 드리우니

편한 마음에 시야가 밝아진다.

별을 보는 맘

별 하나에 이름 달아
마음 눈빛으로 보냅니다

그 별은 외롭다 하여
벗들을 무수히 만들어 놓았습니다

세상일을 간섭하던 별이
인간세계와 멀어져 갔습니다

일말의 양심은 있어
어두운 밤에 안부를 물어옵니다

이 땅에 사는 우리네 사람들은
멀어져 가는 별의 뜻을 깨닫지 못했습니다

별 하나에 예쁜 이름 달아 띄워 보낼 수 있다면
자그마한 사랑 고백 되어 별의 마음을 잡아 둘까 합니다.

제4부

아픈 세월
어머님 눈물

눈물이 흐르고
눈물이 흘러서
눈물이 가슴에 안기어 고이면
세상에서 나만 눈물이 흐르는 줄 알았어
이제야 알고 깨달았어
어머님도 눈물 흐르고 있다는 것을

심금마저 마비시킨
나의 눈물이
나 스스로 위안이 되고 있었던 것은
홀로 자식 뒤에서 흐르고 있는
어머님 눈물로 인해
나의 아픔이 씻기어가고 있음을
-「아픈 세월 어머님 눈물」 부분

시리도록 질긴 모정

시리도록 아프다
준비된 이별이 흐르고 있다
자식들은 외면한 채
모든 것을 빼앗긴 채
희생을 남기고
홀로 이 세상과 이별 싸움을 한다

슬프다
안쓰럽고 애처롭다
용서조차 포기한 채
이제는 전화 울림, 대문 밖 인기척
모든 것을 내려놓고
찢긴 가슴을 스스로 치유하며
밝은 정신에 고장 난 육신을 이끌고
오늘도 기도하고 있다
당신當身을 버린 자식을 위해….

아직도 따스한 어머님 품

당신을 뵐 때마다
포근한 고향故鄕에 안기는 마음입니다
세월 따라 세월 속으로 연약해져 가지만
어머님 사랑은 애처로운 모정母情되어
눈물샘으로 남습니다
어머님 품 안은
신神조차 버린 자식이 살아가는 에너지입니다

기력氣力 잃어가는 어머님 삶속 눈물
세상살이 낙오된 장애아들 짐 되어
절절히 느껴오는 아픔입니다
벌써, 사람 사는 세상은 입춘立春 지나고 있건만
희망 품은 따스한 세상은 소식 없고
찬바람만 일고 있으니…

긴 세월 풍파로 늙어간 헌신적獻身的 모정母情
떨리는 입술로 남아 기도로 전합니다
지칠 때도 되었건만
늘 그 자리에 있는 희생 사랑이기에
내가 살아가는 근원根源 젖줄로
솜사탕 같은 달콤함입니다

본분本分을 다한 어머님 품
영원히 안기고 싶은
그리운 고향 품으로 남습니다
연로年老하여 마음과 육신이 따로 노는
엄마 품 안이지만
존재자체存在自體가 소중所重한
예나 지금이나 찾아드는 안식처安息處입니다.

어머니 눈물

눈물이 흐르고
눈물이 흘러서
눈물이 가슴에 안기어 고이면
세상에서 나만 눈물이 흐르는 줄 알았어
이제야 알고 깨달았어
어머님도 눈물 흐르고 있다는 것을

심금마저 마비시킨
나의 눈물이
나 스스로 위안이 되고 있었던 것은
홀로 자식 뒤에서 흐르고 있는 어머님 눈물로 인해
나의 아픔이 씻기어가고 있음을

너무 늦은 깨달음에
나의 고통만 슬퍼한 어리석음은
어머니 한 맺힌 눈물이 깊어만 갔으니
나는 효도를 가장한 불효자로 살아온 것이다
어머니 눈물을 닦아드려야 하는데
어머니는 너무 노쇠 되어 있었다.

경칩

인간들이 얼마나 못났으면
봄 알림을
사람이 아닌 개구리에게 맡겼는가
온통 세상은
개구리가 봄을 가지고 왔다고
야단법석 좋아라한다
창피한 줄도 모르고
못난 것들 제 직분을 다하지 않고

만물 영장인 인간이
소임을 다하지 않는 세상 놀이는
봄소식 전달조차도 빼앗기고 말았으니
푸르름의 새 생명 탄생 소식도 포기한다면
차라리 내가 개구리 되어
희망찬 포근한 봄소식 전달자로 남으리
그러면 단 하루의 경칩이라도 칭송받을 수 있으리라
다음 봄소식은 내가 전하리라.

바보 갯버들아

봄기운에 봄을 믿고
일찌감치 세상이 궁금하여
겁 없이 바람난 갯버들은 너무 일찍 얼굴을 내놓았다
험한 세상에 경험도 없이, 경호도 없이
불쑥 얼굴 내민 배짱은 어디서 났는지
봄바람을 믿어도 너무 믿었다
세상에 믿는 도끼에 발등 찍힌다는 것을 알지 못한 채
버들은 세상을 너무나 낭만적으로 우습게 보았는지
몸을 흔들어도 너무 흔들어댄다
내일이 가기 전에 실망이 밀리어 올 것이라는
뻔히 안 나는 마음이 아프다

봄의 진면목을 못 보고 못 느낀 채
스스로 배신당한 버들은
세상에 품고 온 꿈을 펼치지 못하고
봄 문턱에서 하차하겠지
세상은 너희를 봄소식 전하는 소모품으로 사용되었다는

사실도 깨닫지 못하면서…

봄이치理致에 속아 세상이 아름다운 줄 알고

실눈 뜨고 잔설殘雪 녹이는 소임으로 쓰일 뿐

봄의 주연이 아닌 엑스트라

빨리 세상에 튀어나온 어리석음이라

누굴 탓하리 성질 급한 것을.

내게도 삼월이 오면

봄이 몸으로 스며드는 삼월이면
연둣빛 생명에 희망 삶이 시작된다
사랑이 피어오르고
집요한 헌신이 새 생명의 근원이 되면
목마른 사람에게 따스한 정情으로 만개滿開한다

바람결 봄 소리가 귓전에 울리면
당신의 숨결이 따사로이 스며든다
이제, 어깨를 펴도 된다는 자신감自信感이 생긴다
봄바람은 강한 긍정의 힘을 준다

두꺼운 외투를 벗고
꽃냄새를 기다려도 되겠지
우리 모두 긴 호흡으로 꽃향기를 만끽하자

살아있는 심장 울림을 느끼면
"세상이 아름다워요"

잿빛 세상이 화사華奢함 되어
새색시처럼 짜릿한 첫날 밤
설레는 봄바람에 치맛자락 날린다
내 마음도 날린다.

허울 좋은 꽃밭

허허벌판을 하나씩 채워가는
상큼한 새 생명의 몸부림
아름답고 화사한 뒷전에는
생존을 위한 치열한 투쟁이 시작한다

나 혼자만 향긋할 수 없는 세상
너 혼자만 예쁠 수 없는 세상에서
잘난 멋에 자존심을 품고
최고인 양 향기 남발하며 뽐내지만
너도 한낮 일장춘몽一場春夢 시들고 말 것을
이제는 속지 말자 뻔한 세상 이치

누구를 향한 꽃내음 향연饗宴인지
열심히 꼬시는 본심本心들
보기에는 좋지만 마음이 편치 않은 것은
세상 속고 속이는 겉 포장만 화려할 뿐
그 자리에 일그러진 군상群像들의 타고난 개인기 자랑뿐!

이순耳順의 봄날에

그래도 살아야지
봄비가 갯버들 속으로 파고들고
바람 부는 봄날에
세상이 버들처럼 흔들리기 시작하면
내가 먼저 변해야 산다
난생처음 이순耳順 만에 내가 먼저 봄 속으로 들어간다
눈 속으로, 육신 속으로, 마음속으로
삶 속으로 받아들이니

세상이 따스하고 포근하게 다가오고
살맛 나는 생동의 세상 속으로 자신감으로 파고드니
나 혼자가 아니라는 것을 느낌으로 들어온다
이순耳順되어서야 봄다운 봄을 처음으로 마중하고 있다
어느 봄보다 더 생명력이고 강력하다
희망 달고 생글생글 끝없는 애착의 열정으로
이제는 봄처럼 본격적으로 살아가야지.

봄 햇살이 봄바람 타고

햇살 줄기에 바람 흐르고
꽃이 피니 봄이 거닌다
나의 생명이 거닌다
행복이 따스함 타고 마음을 가득 채운다

봄이 선사한 꽃길을
연인들이 거닌다
화려한 표정으로 개화開花되어
내게로 다가온다
사랑할 수 있다는 의미를
햇살로 퍼져 바람 타고
열린 창가에 외로이 서 있는 이슬 되어
그녀에게 핀다

사랑이 잉태된다
그녀가 웃는다
나도 웃는다
세상이 활짝 웃는다

새잎
새로운 생명으로
신선한 사랑이 피어오른다
봄 햇살로 봄바람 타고 미지의 세계에
우리의 아름다운 존재의미를 이야기하자.

봄이 주는 힘

설레는 봄바람에
마음은 미래를 생각하고
모두를 그리워하는 오늘

처녀의 가벼운 분홍빛 이탈
호기심 품은 살랑거리는 처녀의 치맛자락 흔들림처럼
봄도 당황한다

포근하고 달콤한 사랑을 녹일
그들의 애정어린 에로 눈빛
마주 앉은 그대의 속삭임
미칠 것 같은 전율의 꽃향기

올봄에는
풍성한 사랑으로 꽃피우고
신선한 열정으로 흔들리지 않는 사랑으로
키워가야 한다

그들의 거짓 없는 자연스러운 표현
우리의 진솔한 대화는
봄을 안정적으로 이루게 한다

우리에게 운명적 사랑을 꽃피우면
서로는 달콤한 열매 맺는 삶으로 살아가겠지
봄이 주는 힘이다.

봄바람의 의미

오늘 봄바람이 분다
해마다 내게 불어오는 의미는 뭘까
작년 이맘때도 이 바람이었나
내년 이맘때는…

그때 봄바람은 인상적이지 않아
감동 없이 흘려보냈으니
기억을 잡아둘 수가 없지
느껴온 감정도 없었다

오늘 봄바람은
바람 부는 가슴에 부딪히며
파고드는 감각이 색다르게 감싸 돌아
내년 이맘때 다가오는 봄바람은

오늘 봄바람이
남달리 따스하고 부드러웠다는
감정 깊이 다시 새길 수 있을 것이라는
기대로
오늘 봄바람을 맞고 흘려보낸다

내년 이맘때
부는 봄바람이
네게 줄 자신감을 다짐하면서….

세월은 흘러도 봄은 늘 처음처럼

세월이 천박해도 봄은 오겠지
이 세상 모든 이가 막아서도
봄은 비집고 스며들겠지
그 속에 나의 봄은 있는가
적어도 나 자신을 존재시킬 봄은 오는가

어느 가수 가사에 있듯이
죽어도 오고 마는 내일 그리고 봄
난생처음 정상으로 오려나
은근히 기대하는 것은
실망하지 않으려는
나의 강한 의지를 실어본다

천박한 세월은 흐르고 또 흐르더라도
봄은 늘 처음처럼
그때 그 모습으로
나에게 안착해야 내가 산다.

너의 존재를 알기에

올봄은
나의 봄이 될 것 같은
이러한 자신감은
너!
비밀스럽게 숨겨둔
너의 존재를 알고 나서
인제야 알게 돼서
미안해!
난생처음으로 다가온 자신감이야
이제라도 올 수 있어 다행이야
이순耳順 이후 처음으로
진짜 인생이 시작된 듯이
내일 봄이 따스하고 생동감으로 흥분 느껴
전에는 이런 느낌 온 적이 없어
힘이나 고마워
지금부터라도 열심히 살아갈게
서서히 찾아들어 영글어가는
나의 봄기운에 활짝 폈으면 해.

무더위

야속한 세상살이 탓하며
홀로 잠든 여름 낮

귓가에
스며드는 한 맺힌 메아리
외로워서 깊이 잠 못 들어 하며
선잠 속에
피곤만 더해가는 무더위

지쳐가는 쓸쓸한 한여름 날
엄마 무릎베개가 그립다

날카로운 무더위
엄마 품에 안겨
피서 맘에 포근한 잠 이루면
잠시, 두려움의 업보業報를 잊는다

혼자만의 피서에서
자비慈悲의 모정母情처럼 모두의 피서가 된다

엄마의 안식처가 고맙다.

가을 길목의 두려움

세상살이 오고 가는 길목마다
가을이 제법 느껴오는데
귀뚜리조차 잠든 이 밤에
고요하다 못해 적막한 것은
나를 더욱 외롭게 한다

그녀는 지금 어디에
또 떠날 채비를 하는 듯이
이제는 잡지 않겠다
떠나려면 떠나가려무나 하면서도

반복되는 이별離別에
두려움 없이 면역免疫되어가는 나를
내가 본다

내게 가을은
늘 그랬듯이
고운 빛깔 단풍은 못 보고 찌든 낙엽만 보였다

올가을도
고운 단풍은 못 보고 찌든 낙엽만 보이려나
잠 잊은 설익은 가을밤만 깊어간다

꽃이 피고 지고
그냥 사라지는
의미 없는 들꽃 일생一生 바라보며
견디기 힘든 가을이 아니길
기도한다.

언제나 가을이 오면

여름은 세월로 소멸해 가고
있고 싶은 곳 가을이 찾아들면
느낌 좋은 축복이 찾아 듭니다
너무 늦어 야속하지만
행복감이 마음에 파고들어 미소 드리우고
가을 바구니엔
아름다움이 한 아름 쌓여갑니다
이 세상 어느 곳에서든지
가을을 맞는 모두가 누리었으면 합니다

충만한 가을
온 누리에 꿈을 실현하며 살아갈 수 있다면
진한 주님 사랑이 쌓여가는 가을에
어떤 시련도 어떤 겨울도 이겨 냅니다
지금, 곳곳에
신神께 감사하는 기도 물결이 넘쳐납니다
깊은 의미로 다가와

가을을 아름답게 하는 이유입니다

가을은
신神이 주신 세상에서
품위의 매력으로 익어갑니다.
여기에 모인 우리도
기쁨, 사랑, 헌신, 희망, 결실이 익어갑니다
가을바람에 멋이 흐릅니다.

눈이 포근히 안기어 오는데

내 머리에 차곡차곡 탑이 쌓인다
인고忍苦의 정성이 모여야 한다
기도로 신비로운 종교의 은총이 임해야 한다

키 작은 나에게 키가 쑥쑥 자란다
기분 좋아지고 으쓱해진다
사라질 눈 키지만
잠시나마 기도 권능으로 소원이 이루어져
눈 내리는 서울 거리는 내 밑에 순종한다

눈 내리는 서울 거리 가로수 가지가지마다
눈이 사분히 안착한다
첫 인연을 쌓다, 서로 반가워하네
삭막한 거리를 천사처럼 감싸돈다
세상의 첫 만남 속에 서로의 경험을 쌓아간다

이 즐거움도 잠시
험한 세상에 도착한 눈은
이 세상의 경험을 버거워하며 흔적 없이 사라져간다
이곳조차도 아픈 이별이…?

겨울비 끝자락

봄을 기다리는 나에게
창작創作의 안식처 내방 창틀에
임을 부르는 겨울비가
소리 없이 떨어지고 있습니다

우두커니 바라보다
상심傷心한 내 마음에도 찾아든 빗줄기
인연의 소중함을 알기에
내일을 기약합니다

축복의 빗줄기는
봄 자락을 기다리는
애절한 나에게
청년의 정열로 탄생시키는 근원根源으로
희망希望의 임이 되소서

겨울의 끝자락에
가슴을 묻고
어디엔가 포옹하고 싶은 충동은
무언가 표현되지 못한 아쉬움의 뒤안길입니다

내리는 철 늦은 겨울비는
봄의 촉매제로 거듭나
새 생명의 아름다운 소망은
우리에게 내일이 있음을 알게 하고
거룩한 신神의 섭리攝理를 품게 합니다

보듬어 안고 접어든 아지랑이 봄 내음
어느 생명체로 잉태되어 호흡이 될는지
고통의 두려움을 알기에
고독한 시간을 미련 없이 버려야 합니다.

단풍이 낙엽 되어

야트막한 언덕
나락奈落 하는 낙엽들
한때 화려했던 이들은
세상이 너를 버리는지
뒹굴다 화려함 속에 멍만 들어간다

슬프지 않은 것은
눈치 없이 혼자만 잘난 체한 대가이기에
아름다움에 한껏 칭찬만 하고
무책임하게 사라진 세월은
어디로 갔는가?

다가오면 사라지는 유한有限의 모든 것
알면서도 잊고 사는 것은
그나마 다행이라
이 순간에도 영원하리라 믿으면서….

장애인의 아픔을 대변하는 시집

신 현 득

"나는 장애인입니다!"

성성모(成聖模) 시인의 시는 장애인의 아픔에서 시작된다. 거기에는 장애인 모두가 살기 좋은 나라를 이룩하려는 목적이 있다. 성 시인의 경력을 보면, 그의 열성이 그러한 적극성을 앞세울만하다.

성 시인은, 네 살 때 다쳐서 척추 장애인이 된 이후, 오늘에 이르고 있다. 그러면서 장애자 모두의 복지를 위해서 운동을 펴고 있는 것이다.

시집의 제호를 『인생이 아프다』라 하였고, 그 아픔을 제1부에 놓았다. 우선 장애인의 아픈 얘기부터 시작하자는 것이다.

비장애인들이 느낄 수 없는 장애인들의 심적으로 갖고 있는 고통과 아픔, 세상에 소외되고싶지 않은 몸부림을 드러냄으로써 비장애인들에게 공감적 공통 분모를 함께 하자는 것이다. 즉, 차별을 극복하고자 하는 울림인 것이다.

성성모 시인이 대학원 박사과정에서 복지행정을 전공하게 된 것도 체계적 장애인 복지운동을 시작하기 위한 이론적 바탕을 든든히 하기 위함인 것이다.

그러기 위해서 장애인의 아픔을 시로 호소하기 위해서 시인이 되어야 했던 것이다. 시 창작 기능을 연마하고 작품을 응모하여, 《공무원 문학》 2002년 겨울호에서 신인상 수상의 영광을 얻는다. 본 시집 첫머리에 놓인 신인상 수상작을 살피기로 하자.

이 세상에
점(點) 하나라도
자랑스레 내세울 것이
전혀 없습니다
이러한 내 모습에서
풍기는 색다른 냄새가
당신에게는 역겨울지 몰라도
내게는 너무 소중합니다
어쩌면,
이 넓은 세상에서
살아간다는 것 자체가
죄인지도 모를 일입니다

신(神)마저 버린
나의 인생은
어디 가나 힘이 듭니다
– 〈등단, 신인상 수상작 「꼽추의 아픔」 부분〉

이 시작품은 장애인의 경험을 통해서 장애인의 고통을 호소한 내용이다. 그 아픔은 시 작자의 아픔이면서 모든 장애인의 아픔이다. 두 번째 연에서 '우리'라는 암시가 모든 장애인을 가리킨다.

그러한 세상에는 점 하나라도 자랑스레 내세울 것이 없다고 했다. 그러나 이것은 천하의 장애인을 대변해서 하는 말이다. 〈어쩌면,/ 이 넓은 세상에서/ 살아간다는 것 자체가/ 죄인지도 모를 일입니다〉 하고 극단적인 표현을 하기도 했다.

그러면서 본 시집의 제1부 「평생 투병 중」은 장애인의 심정을 담은 시작품이 대부분이다. 그러나 그러한 작품에서도, 영원히 변치 않는 인간관계 · 더 좋아지는 계절 · 다스릴 수 있는 병 · 구원의 절대자 · 흐르면서 열매를 맺어주는 시간 등 희망을 그 그늘에 두고 있다.

성 시인의 예술계 활동을 보자. 충남 문화연대 상임이사 공동 대표를 하고 있으며, 한국공무원문인협회 사무국장을 역임했고, 이사를 하고 있다. 월간 『The

People』지의 편집인을 맡기도 했다. 이것만 해도 성성모 시인이 얼마나 활동적이라는 것을 알 수 있다. 주눅이 드는 성성모가 아니다.

다시 1부의 시작품을 한 편만 더 살피자.

이 세상에서 나만의 부자가 되다
나는 장애 말고는 어느 것도 가진 것이 없는
뭐든지 가난했다
남들은 한평생 하나도 가지기 어려운걸
나는 하나도 아니고 둘씩이나 소유하게 되었다
척추 장애에 암까지 보금자리를 틀었다
내 몸에 종합병원이 들어선 것이다
그래서 세상의 회자 속에 자랑거리가 되고

그 덕에 벼락부자가 되었다
하나님이 들어왔다
그동안 방치하며 대충 가지고 있던
신앙생활 가치를
날마다 하나님을 강하게 소유하는 부자가 되었다
세상의 소유욕을 달리하는
우리 주 하나님을 소유하는 진정한 부자가 되었다

세상이 넉넉해지고 시야가 맑아지니
마음이 편해지고, 안정되었다
은혜와 감사가 넘치고 넘치는
새털 같은 가벼움의 신바람 난

진짜 부자가 되었다.

—〈「하나님 덕분에 생각 반전을 이루다」 전문〉

그러한 성성모 시인에게 암이 와서 자리를 잡았다. 6개월밖에 살지 못한다는 의사의 진단이 내려졌다. 척추 장애에다 암까지다. 하필 나에게 와서 짐이 되었는가, 했다. 그러나 성 시인은 그것을 웃으며, 내 몸에 종합병원이 들어섰다고 보았다. 그 덕택에 벼락부자가 되었다고 했다. 역설이다.

약 3년 동안 매주 쉬지 않고 항암 주사를 맞으며, 방치했던 신앙생활을 바꾸어 절대자를 강하게 소유하게 되었다. 절대자를 크게 소유한 진정한 부자가 된 것이다. 이리하여 신앙을 통해서 마음이 맑아지고 마음이 안정되었다.

은혜와 감사가 넘쳐서 신앙의 힘이 생기면서 암은 차츰 정복되고 말았다. 기적이 일어난 것이다. 표현이 넉넉한 값진 신앙시 「하나님 덕분에 생각 반전을 이루다」는 큰 감동을 준다.

제2부는 제호를 「인생이 아프다」라 했지만 여기서도 장애인의 호소다.

인생이 아프다
태어나선 안 될 인생이 태어난 업보(業報)로
겪지 않아도 될
이 세상에 상존하는 모든 아픔과 고통을 겪게 한다

이제는 경험한 나날들의 노하우로
인생이 무덤덤하지만
세상 자체가 아플 정도로
사는 동안 아파도 너무 아팠다
지금 자체가 아파

이제는 육신 한계를 넘어 마음 한계까지 이른다
오늘까지는 그렇다 치고
내일부터라도
날마다 엄습해 오는 두려움서 벗어나
남은 인생이라도 아프지 않기를
간절히 기도한다
–〈「인생이 아프다」 부분〉

장애인으로서 세상을 살기는 힘이 든다. 인생이 아프다고 했다. 세상의 모든 아픔을 겪어왔다고 했다. 업보로 겪은 것도 있다고 했다. 세상 자체가 아플 정도로 내 몸이 아프다는 것이다. 내일부터라도 이 두려움에서 벗어났으면 하는 생각이란다.

열심히 살아왔는데도 힘겹다는 것이다. 다시 꿈을 꿀 수 있는 희망을 얻어서 남은 인생을 중단 없이 달려보자는 생각이다. 물론 이러한 시편은 모든 장애인을 대변한 것이다.

그러면서 성 시인은 박정희 대통령과 육영수 여사를 좋아하는 사람들의 모임인 중수산악회에서 회장, 명예회장 일을 맡고 있다. 민주평화통일자문회의의 자문위원(2011~17)이며, 미래리더연구소의 대표(2011~현재)로 있다.

다음 제3부는 그리움만 쌓인 「그리움」이라는 제호다.

가슴 저미며
난생처음 인연이 되는 날
우리는 사랑을 시작한다

한평생 함께해온 외로움이
민들레 홀씨 되어 날아오르면
미지의 언덕 저편에 내려앉아
그대에게 머문다

봄 향기는 포근한 생명력으로
임 오는 체취에 기다림은 '끝'
희망의 두근거림을 바라본다

행복은 우리에게 삶을 이어준다
추위에 진짜 봄을 기다리며

우리는 꽃향기에
생명을 불어넣으며 노래 부른다

나의 꽃이 된
당신은 나의 봄날
–〈「인연」 부분〉

제3부에는 여러 사람의 이성이 등장한다. 만남의 장소도 여러 곳. 그러나 성성모 시인의 꿈을 더듬고, 그의 폭넓은 활동과 향기에 취해서 모이는 이성은 한 사람이요 같은 사람일 수밖에 없다.

서정시 「인연」의 분위기가 곱고 향기가 난다. 지니고 있던 외로움이 민들레 홀씨가 돼 날아오른다는 비유와 생명력이 된 봄 향기의 비유가 좋다. 임 오는 소리에 기다림이 "끝!" 소리를 내며 끝나는 것이 동심적이다. 그 소리와 함께 두근거리는 희망, 나의 꽃이 돼준 당신이 곁에 있다.

이 파트에는 섬세하고 번쩍이는 서정시가 여러 편 보인다. 성성모 시인은 이런 명작을 쓰면서 쉬지 않고 사회활동을 한다. SNS 활동도 여러 가지이다. 여러 동창회에 참석을 하고, 회장으로 동창회 운영에도 관여한다.

박정희 대통령 탄신 100주년 기념 추진위원을 지낸 일이 있기도 하다(2016~2017).

제4부 「아픈 세월 어머님 눈물」을 보자 이 파트도 서정시가 그득하다.

당신을 뵐 때마다
포근한 고향(故鄕)에 안기는 마음입니다
세월 따라 세월 속으로 연약해져 가지만
어머님 사랑은 애처로운 모정(母情)되어
눈물샘으로 남습니다
어머님 품 안은
신(神)조차 버린 자식이 살아가는 에너지입니다

기력(氣力) 잃어가는 어머님 삶속 눈물
세상살이 낙오된 장애아들 짐 되어
절절히 느껴오는 아픔입니다
벌써, 사람 사는 세상은 입춘(立春) 지나고 있건만
희망 품은 따스한 세상은 소식 없고
찬바람만 일고 있으니…

긴 세월 풍파로 늙어간 헌신적(獻身的) 모정(母情)
떨리는 입술로 남아 기도로 전합니다
지칠 때도 되었건만
늘 그 자리에 있는 희생 사랑이기에
내가 살아가는 근원(根源) 젖줄로
솜사탕 같은 달콤함입니다
– 〈「아직도 따스한 어머님 품」 부분〉

어머니는, 사랑과 염려로 장애 아들을 돌보셨다. 어머니의 품은 그때부터 따뜻했다. 긴 시간 속에서 쇠약해지셨지만, 어머니는 포근한 고향이며, 나를 위한 눈물샘은 내 가슴에 남을 어머니의 마지막 자취다.

아흔네 살의 어머니시지만, 떨리는 입술로 올리는 자식을 위한 기도는 이어진다. 그것이 오늘의 내 젖줄이요, 어머니에게서 느끼는 달콤한 사랑이라는 것.

이러한 어머니 사랑의 사모곡(思母曲)은 또 있다. 자식을 안쓰러워하시는 모정을 시에 담은 「시리도록 질긴 모정」, 자식 뒤에서 흘리는 어머니 눈물이 내 아픔을 씻어주고 있음을 너무 늦게 깨달았다는 「어머니 눈물」이 모두 효도를 일깨우는 감동의 명작이다.

제4부에는 이밖에도 계절 감각의 시 「경칩」, 이순의 느낌을 담은 「이순의 봄날에」, 동심을 노래한 「봄 햇살이 봄바람 타고」 등 독자들이 공감할 서정시의 시편이 넉넉히 놓여 있다.

성성모 시인의 시작품에서 고루 재능이 보이지만 서정시를 위쪽에 놓아야 될 것 같다.

활동력이 왕성한 성성모 시인은 여러 곳에서 포상을 받았다. 잡지 여기저기에 대담기사가 실리었다. 월간 《The people》에 두 차례. 그중 먼저 것(2013. 5월)을 소개하면 대담 내용이 「장애인이 살기 좋은 나라가 바로 모두가 행복한 세상」이었다. 시사주간신문 《뉴스엔뷰》(2014, 신년호) 대담기사는 「장애인 살기 좋은 대한민국 그게 내 꿈」이었다.

성성모 시인은 자신의 신체장애를 극복하고, 장애인 복지를 위해 뛰는 시인이다. 장애인뿐만 아니라 모든 사람을 배려한다. 좋은 시, 큰 성공으로 인간승리의 큰 깃발을 세워주기를 기다린다.

〈필자 : 동시 시인(童詩詩人)〉

성성모 첫 번째 시집

인생이 아프다

초판 1쇄 발행 | 2021년 10월 12일
초판 2쇄 발행 | 2021년 10월 28일

지은이 | 성성모
펴낸이 | 서영애
펴낸곳 | 대양미디어

04559 서울시 중구 퇴계로45길 22-6(일호빌딩) 602호
전화 | (02)2276-0078
팩스 | (02)2267-7888

ISBN 979-11-6072-084-6 03810
값 13,000원